A HORA E VEZ DE AUGUSTO MATRAGA

João Guimarães Rosa

A HORA E VEZ DE AUGUSTO MATRAGA

global
editora

Copyright dos Titulares dos Direitos Intelectuais de JOÃO GUIMARÃES ROSA: "V Guimarães Rosa Produções Literárias"; "Quatro Meninas Produções Culturais Ltda." e "Nonada Cultural Ltda."
72ª Edição, Editora Nova Fronteira, Rio de Janeiro 2017
2ª Edição, Global Editora, São Paulo 2022

Jefferson L. Alves – diretor editorial
Gustavo Henrique Tuna – gerente editorial
Flávio Samuel – gerente de produção
Sandra Brazil – coordenadora editorial
Fernanda Cristina Campos, Juliana Tomasello – revisão
Mauricio Negro – capa e ilustração

Dados Internacionais de Catalogação na Publicação (CIP) (Câmara Brasileira do Livro, SP, Brasil)

Rosa, João Guimarães, 1908-1967

A hora e vez de Augusto Matraga / João Guimarães Rosa. – 2. ed. – São Paulo : Global Editora, 2022.

ISBN 978-65-5612-201-4

1. Contos brasileiros I. Título.

21-96292   CDD-B869.3

Índices para catálogo sistemático:
1. Contos : Literatura brasileira B869.3

Eliete Marques da Silva - Bibliotecária - CRB-8/9380

global editora
Global Editora e Distribuidora Ltda.
Rua Pirapitingui, 111 — Liberdade
CEP 01508-020 — São Paulo — SP
Tel.: (11) 3277-7999
e-mail: global@globaleditora.com.br

globaleditora.com.br   @globaleditora
/globaleditora   @globaleditora
/globaleditora   /globaleditora
blog.grupoeditorialglobal.com.br

Direitos reservados.
Colabore com a produção científica e cultural.
Proibida a reprodução total ou parcial desta obra sem a autorização do editor.

Nº de Catálogo: **4439**

A HORA
E VEZ DE
AUGUSTO
MATRAGA

"*Eu sou pobre, pobre, pobre,*
vou-me embora, vou-me embora
....
Eu sou rica, rica, rica,
vou-me embora, daqui!..."
(Cantiga antiga.)

"*Sapo não pula por boniteza,*
mas porém por percisão."
(Provérbio capiau.)

Matraga não é Matraga, não é nada. Matraga é Estêves. Augusto Estêves, filho do Coronel Afonsão Estêves, das Pindaíbas e do Saco-da-Embira. Ou Nhô Augusto — o homem — nessa noitinha de novena, num leilão de atrás da igreja, no arraial da Virgem Nossa Senhora das Dores do Córrego do Murici.

Procissão entrou, reza acabou. E o leilão andou depressa e se extinguiu, sem graça, porque a gente direita foi saindo embora, quase toda de uma vez.

Mas o leiloeiro ficara na barraca, comendo amêndoas de cartucho e pigarreando de rouco, bloqueado por uma multidão encachaçada de fim de festa.

E, na primeira fila, apertadas contra o balcãozinho, bem iluminadas pelas candeias de meia-laranja, as duas mulheres-atôa estavam achando em tudo um espírito enorme, porque eram só duas e pois muito disputadas, todo-o-mundo com elas querendo ficar.

Beleza não tinham: Angélica era preta e mais ou menos capenga, e só a outra servia. Mas, perto, encostado nela outra, um capiau de cara romântica subia todo no sem-jeito; eles estavam se gostando, e, por isso, aquele povo encapetado não tinha — pelo menos para o pobre namorado — nenhuma razão de existir. E a cada momento as coisas para ele pioravam, com o pessoal aos gritos:

— Quem vai arrematar a Sariema? Anda, Tião! Bota a Sariema no leilão!...

— Bota no leilão! Bota no leilão...

A das duas raparigas que era branca — e que tinha pescoço fino e pernas finas, e passou a chamar-se, imediatamente,

Sariema — pareceu se assustar. O capiau apaixonado deixou fuchicar, de cansaço, o meio-riso que trazia pendurado. E o leiloeiro pedia que houvesse juízo; mas ninguém queria atender.

— Dou cinco mil-réis!...

— Sariema! Sariema!

E, aí, de repente, houve um deslocamento de gentes, e Nhô Augusto, alteado, peito largo, vestido de luto, pisando pé dos outros e com os braços em tenso, angulando os cotovelos, varou a frente da massa, se encarou com a Sariema, e pôs-lhe o dedo no queixo. Depois, com voz de meio-dia, berrou para o leiloeiro Tião:

— Cinquenta mil-réis!...

Ficou de mãos na cintura, sem dar rosto ao povo, mas pausando para os aplausos.

— Nhô Augusto! Nhô Augusto!

E insistiu fala mais forte:

— Cinquenta mil-réis, já disse! Dou-lhe uma! dou-lhe duas! Dou-lhe duas — dou-lhe três!...

Mas, nisso, puxaram para trás a outra — a Angélica preta se rindo, senvergonha e dengosa — que se soverteu na montoeira, de braço em braço, de rolo em rolo, pegada, manuseada, beliscada e cacarejante:

— Virgem Maria Puríssima! Úi, pessoal!

E só então o Tião leiloeiro achou coragem para se impor:

— Respeito, gente, que o leilão é de santo!...

— Bau-bau!

— Me desprezo! Me desprezo desse herege!... Vão coçar suas costas em parede!... Coisa de igreja tem castigo, não é brinquedo... Deix'passar!... Dá enxame, gente! Dá enxame!...

Alguns quiseram continuar vaia, mas o próprio Nhô Augusto abafou a arrelia:

— Sino e santo não é pagode, povo! Vou no certo… Abre, abre, deixa o Tião passar!

Então, surpresos, deram caminho, e o capiau amoroso quis ir também:

— Vamos embora, Tomázia, aproveitando a confusão…

E sua voz baixava, humilde, porque para ele ela não era a Sariema. Pôs três dedos no seu braço, e bem que ela o quis acompanhar. Mas Nhô Augusto separou-os, com uma pranchada de mão:

— Não vai, não!

E, atrás, deram apoio os quatro guarda-costas:

— Tem areia! Tem areia! Não vai, não!

— É do Nhô Augusto… Nhô Augusto leva a rapariga! — gritava o povo, por ser barato. E uma voz bem entoada cantou de lá, por cantar:

Mariquinha é como a chuva:
boa é, p'ra quem quer bem!
Ela vem sempre de graça,
só não sei quando ela vem…

Aí o povaréu aclamou, com disciplina e cadência:

— Nhô Augusto leva a Sariema! Nhô Augusto leva a Sariema!

O capiauzinho ficou mais amarelo. A Sariema começou a querer chorar. Mas Nhô Augusto, rompente, alargou no tal três pescoções:

— Toma! Toma! E toma!… Está querendo?…

Ferveram faces.

— Que foi? Que foi?…

— Deix'eu ver!…

— Não me esbarra, filho-da-mãe!

E a agitação partiu povos, porque a maioria tinha perdido a cena, apreciando, como estavam, uma falta-de-lugar, que se dera entre um velho — "Cai n'água, barbado!" — e o sacristão, no quadrante noroeste da massa. E também no setor sul estalara, pouco antes, um mal-entendido, de um sujeito com a correia desafivelada — lept!... lept!... —, com um outro pedindo espaço, para poder fazer sarilho com o pau.

— Que foi, hein?... Que foi?

Foi o capiauzinho apanhando, estapeado pelos quatro cacundeiros de Nhô Augusto, e empurrado para o denso do povo, que também queria estapear.

—Viva Nhô Augusto!...

— Te apessoa para cá, do meu lado! — e Nhô Augusto deu o braço à rapariga, que parou de lacrimejar.

—Vamos andando.

Passaram entre alas e aclamações dos outros, que, aí, como não havia mais mulheres, nem brigas, pegaram a debandar ou a cantar:

"Ei, compadre, chegadinho, chegou...
Ei, compadre, chega mais um bocadinho!..."

Nhô Augusto apertava o braço da Sariema, como quem não tivesse tido prazo para utilizar no capiau todos os seus ímpetos:

— E é, hein?... A senhora dona queria ficar com aquele, hein?!

— Foi, mas agora eu gosto é de você... O outro eu mal-e--mal conheci...

Caminharam para casa. Mas para a casa do Beco do Sem-Ceroula, onde só há três prédios — cada um deles com gramofone tocando, de cornetão à janela — e onde gente séria entra mas não passa.

Nisso, porém, transpunham o adro, e Nhô Augusto parou, tirando o chapéu e fazendo o em-nome-do-padre, para saudar a porta da igreja. Mas o lugar estava bem alumiado, com lanterninhas e muita luz de azeite, pendentes dos arcos de bambu. E Nhô Augusto olhou a mulher.

— Que é?!... Você tem perna de manuel-fonseca, uma fina e outra seca! E está que é só osso, peixe cozido sem tempero... Capim p'ra mim, com uma sombração dessas!... Vá-se embora, frango-d'água! Some daqui!

E, empurrando a rapariga, que abriu a chorar o choro mais sentido da sua vida, Nhô Augusto desceu a ladeira sozinho — uma ladeira que a gente tinha de descer quase correndo, porque era só cristal e pedra solta.

Lá em baixo, esbarrou com o camarada, que trazia recado de Dona Dionóra: que Nhô Augusto voltasse, ou ao menos desse um pulo até lá — à casa dele, de verdade, na Rua de Cima, — porque ainda havia muito arranjo a ultimar para a viagem, e ela — a mulher, a esposa — tinha uma ou duas coisas por perguntar...

Mas Nhô Augusto nem deixou o mensageiro acabar de acabar:

— Desvira, Quim, e dá o recado pelo avesso: eu lá não vou!... Você apronta os animais, para voltar amanhã com Siá Dionóra mais a menina, para o Morro Azul. Mas, em antes, você sobe por aqui, e vai avisar aos meus homens que eu hoje não preciso deles, não.

E o Quim Recadeiro correu, com o recado, enquanto Nhô Augusto ia indo em busca de qualquer luz em porta aberta, aonde houvesse assombros de homens, para entrar no meio ou desapartar.

Era fim de outubro, em ano resseco. Um cachorro soletrava, longe, um mesmo nome, sem sentido. E ia, no alto do mato, a lentidão da lua.

Dona Dionóra, que tinha belos cabelos e olhos sérios, escutou aquela resposta, e não deu ar de seus pensamentos ao pobre camarada Quim. Mas muitos que eles eram, a rodar por lados contrários e a atormentar-lhe a cabeça, e ela estava cansada, pelo que, dali a pouco, teve vontade de chorar. E até a Mimita, que tinha só dez anos e já estava na cama, sorriu para dizer:

— Eu gosto, minha mãe, de voltar para o Morro Azul...

E então Dona Dionóra enxugou os olhos e também sorriu, sem palavra para dizer. De voltar para o retiro, sem a companhia do marido, só tinha por que se alegrar. Sentia, pelo desdeixo. Mas até era bom sair do comércio, onde todo o mundo devia estar falando da desdita sua e do pouco-caso, que não merecia.

E ela conhecia e temia os repentes de Nhô Augusto. Duro, doido e sem detença, como um bicho grande do mato. E, em casa, sempre fechado em si. Nem com a menina se importava. Dela, Dionóra, gostava, às vezes; da sua boca, das suas carnes. Só. No mais, sempre com os capangas, com mulheres perdidas, com o que houvesse de pior. Na fazenda — no Saco-da-Embira, nas Pindaíbas, ou no retiro do Morro Azul — ele tinha outros prazeres, outras mulheres, o jogo do truque e as caçadas. E sem efeito eram sempre as orações e promessas, com que ela o pretendera trazer, pelo menos, até a meio caminho direito.

Fora assim desde menino, uma meninice à louca e à larga, de filho único de pai pancrácio. E ela, Dionóra, tivera culpa, por haver contrariado e desafiado a família toda, para se casar.

Agora, com a morte do Coronel Afonsão, tudo piorara, ainda mais. Nem pensar. Mais estúrdio, estouvado e sem regra, estava ficando Nhô Augusto. E com dívidas enormes, política do lado que perde, falta de crédito, as terras no desmando, as fazendas escritas por paga, e tudo de fazer ânsia por diante, sem portas, como parede branca.

Dionóra amara-o três anos, dois anos dera-os às dúvidas, e o suportara os demais. Agora, porém, tinha aparecido outro. Não, só de pôr aquilo na ideia, já sentia medo... Por si e pela filha... Um medo imenso.

Se fosse, se aceitasse de ir com o outro, Nhô Augusto era capaz de matá-la. Para isso, sim, ele prestava muito. Matava, mesmo, como dera conta do homem da foice, pago por vingança de algum ofendido. Mas, quem sabe se não era melhor se entregar à sina, com a proteção de Deus, se não fosse pecado... Fechar os olhos.

E o outro era diferente! Gostava dela, muito... Mais do que ele mesmo dizia, mais do que ele mesmo sabia, da maneira de que a gente deve gostar. E tinha uma força grande, de amor calado, e uma paciência quente, cantada, para chamar pelo seu nome: ...Dionóra... "Dionóra, vem comigo, vem comigo e traz a menina, que ninguém não toma vocês de mim!..." Bom... Como um sonho... Como um sono...

Dormiu.

E, assim, mal madrugadinha escassa, partiram as duas — Dona Dionóra, no cavalo de silhão, e a Mimita, mofina e franzina, carregada à frente da sela do camarada Quim.

Pernoitaram no Pau Alto, no sítio de um tio nervoso, que riscava a mesa com as unhas e não se cansava de resmungar:

— Fosse eu, fosse eu... Uma filha custa sangue, filha é o que tem de mais valia...

— Sorte minha, meu tio...

— Sorte nunca é de um só, é de dois, é de todos... Sorte nasce cada manhã, e já está velha ao meio-dia...

— Culpa eu tive, meu tio...

— Quem não tem, quem não teve? Culpa muita, minha filha... Mãe do Nhô Augusto morreu, com ele ainda pequeno... Teu sogro era um leso, não era p'ra chefe de família... Pai era como que Nhô Augusto não tivesse... Um tio era criminoso, de mais de uma morte, que vivia escondido, lá no Saco-da-Embira... Quem criou Nhô Augusto foi a avó... Queria o menino p'ra padre... Rezar, rezar, o tempo todo, santimônia e ladainha...

De manhã, com o sol nascendo, retomaram a andadura. E, quando o sol esteve mais dono de tudo, e a poeira era mais seca, Mimita começou a gemer, com uma dor de pontada, e pedia água. E, depois, com um sorriso tristinho, perguntava:

— Por que é que o pai não gosta de nós, mãe?

E o Quim Recadeiro ficava a bater a cabeça, vez e vez, com muita circunspecção tola, em universal assentimento.

Mas, na passagem do brechão do Bugre, lá estava seu Ovídio Moura, que tinha sabido, decerto, dessa viagem de regresso.

— Dionóra, você vem comigo... Ou eu saio sozinho por esse mundo, e nunca mais você há-de me ver!...

Mas Dona Dionóra foi tão pronta, que ele mesmo se espantou.

— Nhô Augusto é capaz de matar a gente, seu Ovídio... Mas eu vou com o senhor, e fico, enquanto Deus nos proteger...

Seu Ovídio pegou a menina do colo do Quim, que nada escutara ou entendera e passou a cavalgar bem atrás. E, quando chegaram no pilão-d'água do Mendonça, onde tem uma encruzilhada, e o camarada viu que os outros iam tomando o caminho da direita, estugou o cavalo e ainda gritou, para corrigir:

—Volta para trás, minha patroa, que o caminho por aí é outro!

Mas seu Ovídio se virou, positivo:

—Volta você, e fala com o seu patrão que Siá Dona Dionóra não quer viver mais com ele, e que ela de agora por diante vai viver comigo, com o querer dos meus parentes todos e com a bênção de Deus!

Quim Recadeiro, no primeiro passo, ainda levou a mão ao chapéu de palha, cumprimentando:

— Pois sim, seu Ovídio... Eu dou o recado...

Ficou parado, limpando suor dos cabelos, sem se resolver. Mas, fim no fim, num achamento, se retesou nos estribos, e gritou:

— Homem sujo!... Tomara que uma coruja ache graça na tua porta!...

Jogou fora, e cuspiu em cima. E tocou para trás, em galope doido, dando poeira ao vento. Ia dizer a Nhô Augusto que a casa estava caindo.

Quando chega o dia da casa cair — que, com ou sem terremotos, é um dia de chegada infalível, — o dono pode estar: de dentro, ou de fora. É melhor de fora. E é a só coisa que um qualquer-um está no poder de fazer. Mesmo estando de dentro, mais vale todo vestido e perto da porta da rua. Mas, Nhô Augusto, não: estava deitado na cama — o pior lugar que há para se receber uma surpresa má.

E o camarada Quim sabia disso, tanto que foi se encostando de medo que ele entrou. Tinha poeira até na boca. Tossiu.

— Levanta e veste a roupa, meu patrão Nhô Augusto, que eu tenho uma novidade meia ruim, p'ra lhe contar.

E tremeu mais, porque Nhô Augusto se erguia de um pulo e num átimo se vestia. Só depois de meter na cintura o revólver, foi que interpelou, dente em dente:

— Fala tudo!

Quim Recadeiro gaguejou suas palavras poucas, e ainda pôde acrescentar:

— ...Eu podia ter arresistido, mas era negócio de honra, com sangue só p'ra o dono, e pensei que o senhor podia não gostar...

— Fez na regra, e feito! Chama os meus homens!

Dali a pouco, porém, tornava o Quim, com nova desolação: os bate-paus não vinham... Não queriam ficar mais com Nhô Augusto... O Major Consilva tinha ajustado, um e mais um, os quatro, para seus capangas, pagando bem. Não vinham, mesmo. O mais merecido, o cabeça, até mandara dizer, faltando ao respeito: — Fala com Nhô Augusto que sol de cima é dinheiro!... P'ra ele pagar o que está nos devendo... E é mandar por portador calado, que nós não podemos escutar prosa de outro, que seu Major disse que não quer.

— Cachorrada!... Só de pique... Onde é que eles estão?

— Indo de mudados, p'ra a chácara do Major...

— Major de borra! Só de pique, porque era inimigo do meu pai!... Vou lá!

— Mal em mim não veja, meu patrão Nhô Augusto, mas todos no lugar estão falando que o senhor não possui mais nada, que perdeu suas fazendas e riquezas, e que vai ficar pobre, no já-já... E estão conversando, o Major mais outros grandes, querendo pegar o senhor à traição. Estão espalhando... — o senhor dê o perdão p'r'a minha boca que eu só falo o que é perciso — estão dizendo que o senhor nunca respeitou filha dos outros nem mulher casada, e mais que é que nem cobra má, que quem vê tem de matar por obrigação... Estou lhe contando p'ra modo de o senhor não querer facilitar. Carece de achar outros companheiros bons, p'ra o senhor não ir sozinho... Eu, não, porque sou medroso. Eu cá pouco presto... Mas, se o senhor mandar, também vou junto.

Mas Nhô Augusto se mordia, já no meio da sua missa, vermelho e feroz. Montou e galopou, teso para trás, rei na sela, enquanto o Quim Recadeiro ia lá dentro, caçar um gole d'água para beber. Assim.

Assim, quase qualquer um capiau outro, sem ser Augusto Estêves, naqueles dois contratempos teria percebido a chegada do azar, da unhaca, e passaria umas rodadas sem jogar, fazendo umas férias na vida: viagem, mudança, ou qualquer coisa ensossa, para esperar o cumprimento do ditado: "Cada um tem seus seis meses..."

Mas Nhô Augusto era couro ainda por curtir, e para quem não sai, em tempo, de cima da linha, até apito de trem é mau agouro. Demais, quando um tem que pagar o gasto, desembesta até ao fim. E, desse jeito, achou que não era hora para ponderados pensamentos.

Nele, mal-e-mal, por debaixo da raiva, uma ideia resolveu por si: que antes de ir à Mombuca, para matar o Ovídio e a Dionóra, precisava de cair com o Major Consilva e os capangas. Se não, se deixasse rasto por acertar, perdia a força. E foi.

Cresceu poeira, de peneira. A estrada ficou reta, cheia de gente com cautela. Chegou à chácara do Major.

Mas nem descavalgou, sem tempo. Do tope da escada, o dono da casa foi falando alto, risonho de ruim:

— Tempo do bem-bom se acabou, cachorro de Estêves!...

O cavalo de Nhô Augusto obedeceu para diante; as ferraduras tiniram e deram fogo no lajedo; e o cavaleiro, em pé nos estribos, trouxe a taca no ar, querendo a figura do velho. Mas o Major piscou, apenas, e encolheu a cabeça, porque mais não era preciso, e os capangas pulavam de cada beirada, e eram só pernas e braços.

— Frecha, povo! Desmancha!

Já os porretes caíam em cima do cavaleiro, que nem pinotes de matrinchãs na rede. Pauladas na cabeça, nos ombros, nas coxas. Nhô Augusto desdeu o corpo e caiu. Ainda se ajoelhou em terra, querendo firmar-se nas mãos, mas isso só lhe serviu para poder ver as caras horríveis dos seus próprios bate-paus, e, no meio deles, o capiauzinho mongo que amava a mulher-atôa Sariema.

E Nhô Augusto fechou os olhos, de gastura, porque ele sabia que capiau de testa peluda, com o cabelo quase nos olhos, é uma raça de homem capaz de guardar o passado em casa, em lugar fresco perto do pote, e ir buscar da rua outras raivas pequenas, tudo para ajuntar à massa-mãe do ódio grande, até chegar o dia de tirar vingança.

Mas, aí, pachorrenta e cuspida, ressoou a voz do Major:

— Arrastem p'ra longe, para fora das minhas terras... Marquem a ferro, depois matem.

Nhô Augusto se alteou e estendeu o braço direito, agarrando o ar com os cinco dedos:

— Cá p'ra perto, carrasco!... Só mesmo assim desse jeito, p'ra sojigar Nhô Augusto Estêves!...

E, seguro por mãos e pés, torcido aos pulsos dos capangas, urrava e berrava, e estrebuchava tanto, que a roupa se estraçalhava, e o corpo parecia querer partir-se em dois, pela metade da barriga. Desprendeu-se, por uma vez. Mas outros dos homens desceram os porretes. Nhô Augusto ficou estendido, de-bruços, com a cara encostada no chão.

— Traz água fria, companheiro!

O capiauzinho da testa peluda cantou, mal-entoado:

Sou como a ema,
Que tem penas e não voa...

Os outros começaram a ficar de cócoras.

Mas, quando Nhô Augusto estremeceu e tornou a solevar a cabeça, o Major, lá da varanda, apertando muito os olhos, para espiar, e se abanando com o chapéu, tirou ladainha:

— Não tem mais nenhum Nhô Augusto Estêves, das Pindaíbas, minha gente?!...

E os cacundeiros, em coro:

— Não tem não! Tem mais não!...

Puxaram e arrastaram Nhô Augusto, pelo atalho do rancho do Barranco, que ficou sendo um caminho de pragas e judiação.

E, quando chegaram ao rancho do Barranco, ao fim de légua, o Nhô Augusto já vinha quase que só carregado, meio nu, todo picado de faca, quebrado de pancadas e enlameado grosso, poeira com sangue. Empurraram-no para o chão, e ele nem se moveu.

— É aqui mesmo, companheiros. Depois, é só jogar lá para baixo, p'ra nem a alma se salvar...

Os jagunços veteranos da chácara do Major Consilva acenderam seus cigarros, com descanso, mal interessados na execução. Mas os quatro que tinham sido bate-paus de Nhô Augusto mostravam maior entusiasmo, enquanto o capiauzinho sem testa, diligente e contente, ia ajuntar lenha para fazer fogo.

E, aí, quando tudo esteve a ponto, abrasaram o ferro com a marca do gado do Major — que soía ser um triângulo inscrito numa circunferência —, e imprimiram-na, com chiado, chamusco e fumaça, na polpa glútea direita de Nhô Augusto. Mas recuaram todos, num susto, porque Nhô Augusto viveu-se, com um berro e um salto, medonhos.

— Segura!

Mas já ele alcançara a borda do barranco, e pulara no espaço. Era uma altura. O corpo rolou, lá em baixo, nas moitas, se sumindo.

— Por onde é que a gente passa, p'ra poder ir ver se ele morreu?

Mas um dos capangas mais velhos disse melhor:

— Arma uma cruz aqui mesmo, Orósio, para de noite ele não vir puxar teus pés...

E deram as costas, regressando, sob um sol mais próximo e maior.

Mas o preto que morava na boca do brejo, quando calculou que os outros já teriam ido embora, saiu do seu esconso, entre as taboas, e subiu aos degraus de mato do pé do barranco. Chegou-se. Encontrou vida funda no corpo tão maltratado do homem branco; chamou a preta, mulher do preto que morava na boca do brejo, e juntos carregaram Nhô Augusto para o casebre dos dois, que era um cofo de barro seco, sob um tufo de capim podre, mal erguido e mal avistado, no meio das árvores, como um ninho de maranhões.

E o preto foi cortar padieiras e travessas, para um esquife, enquanto a preta procurava um coto de vela benta, para ser posta na mão do homem, na hora do "Diga Jesus comigo, irmão"...

Mas, nessa espera, por surpresa, deu-se que Nhô Augusto pôs sua pessoa nos olhos, e gemeu:

— Me matem de uma vez, por caridade, pelas chagas de Nosso Senhor...

Depois, falou coisas sem juízo, para gente ausente, pois estava lavorando de quente e tinha mesmo de delirar.

— Deus que me perdoe, — resmungou a preta, — mas este homem deve de ser ruim feito cascavel barreada em buraco, porque está variando que faz e acontece, e é só braveza de matar e sangrar... E ele chama por Deus, na hora da dor forte, e Deus não atende, nem para um fôlego, assim num desamparo como eu nunca vi!

Mas o negro só disse:

— Os outros não vão vir aqui, para campear defunto, porque a pirambeira não tem descida, só dando muita volta por longe. E, como tem um bezerro morto, na biboca, lá de cima vão pensar que os urubus vieram por causa do que eles estão pensando...

Deitado na esteira, no meio de molambos, no canto escuro da choça de chão de terra, Nhô Augusto, dias depois, quando voltou a ter noção das coisas, viu que tinha as pernas metidas em toscas talas de taboca e acomodadas em regos de telhas, porque a esquerda estava partida em dois lugares, e a direita num só, mas com ferida aberta. As moscas esvoaçavam e pousavam, e o corpo todo lhe doía, com costelas também partidas, e mais um braço, e um sofrimento de machucaduras e cortes, e a queimadura da marca de ferro, como se o seu pobre corpo tivesse ficado imenso.

Mesmo assim, com isso tudo, ele disse a si que era melhor viver. Bebeu mingau ralo de fubá, e a preta enrolou para ele um cigarro de palha. Em sua procura não aparecera ninguém. Podia sarar. Podia pensar.

Mas, de tardinha, chegou a hora da tristeza; com grunhidos de porcos, ouvidos através das fendas da parede, e os ruflos das galinhas, procurando poleiro nos galhos, e a negra, lá fora, lavando as panelas e a cantar:

As árvores do Mato Bento
deitam no chão p'ra dormir...

E havia também, quando a preta parava, as cantigas miúdas dos bichinhos mateiros e os sons dos primeiros sapos.

Esfriou o tempo, antes do anoitecer. As dores melhoraram. E, aí, Nhô Augusto se lembrou da mulher e da filha. Sem raiva, sem sofrimento, mesmo, só com uma falta de ar enorme, sufocando. Respirava aos arrancos, e teve até medo, porque não podia ter tento nessa desordem toda, e era como se o corpo não fosse mais seu. Até que pôde chorar, e chorou muito, um choro solto, sem vergonha nenhuma, de menino ao abandono. E, sem saber e sem poder, chamou alto soluçando:

— Mãe... Mãe...

O preto, que estava sentado, pondo chumbada no anzol, no pé da porta de casa, ouviu e ficou atrapalhado; chamou a preta, que veio ligeira e se enterneceu:

— Não faz assim, seu moço, não desespera. Reza, que Deus endireita tudo... P'ra tudo Deus dá o jeito!

E a preta acendeu a candeia, e trouxe uma estampa de Nossa Senhora do Rosário, e o terço.

Agora, parado o pranto, a tristeza tomou conta de Nhô Augusto. Uma tristeza mansa, com muita saudade da mulher e da filha, e com um dó imenso de si mesmo. Tudo perdido! O resto, ainda podia... Mas, ter a sua família, direito, outra vez, nunca. Nem a filha... Para sempre... E era como se tivesse caído num fundo de abismo, em outro mundo distante.

E ele teve uma vontade virgem, uma precisão de contar a sua desgraça, de repassar as misérias da sua vida. Mas mordeu a fala e não desabafou. Também não rezou. Porém a luzinha da candeia era o pavio, a tremer, com brilhos bonitos no poço de azeite, contando histórias da infância de Nhô Augusto, histórias mal lembradas, mas todas de bom e bonito final. Fechou os olhos. Suas mãos, uma na outra, estavam frias. Deu-se ao cansaço. Dormiu.

E desse modo ele se doeu no enxergão, muitos meses, porque os ossos tomavam tempo para se ajuntar, e a fratura exposta criara bicheira. Mas os pretos cuidavam muito dele, não arrefecendo na dedicação.

— Se eu pudesse ao menos ter absolvição dos meus pecados!...

Então eles trouxeram, uma noite, muito à escondida, o padre, que o confessou e conversou com ele, muito tempo, dando-lhe conselhos que o faziam chorar.

— Mas, será que Deus vai ter pena de mim, com tanta ruindade que fiz, e tendo nas costas tanto pecado mortal?!

— Tem, meu filho. Deus mede a espora pela rédea, e não tira o estribo do pé de arrependido nenhum...

E por aí a fora foi, com um sermão comprido, que acabou depondo o doente num desvencido torpor.

— Eu acho boa essa ideia de se mudar para longe, meu filho. Você não deve pensar mais na mulher, nem em vinganças. Entregue para Deus, e faça penitência. Sua vida foi entortada no verde, mas não fique triste, de modo nenhum, porque a tristeza é aboio de chamar o demônio, e o Reino do Céu, que é o que vale, ninguém tira de sua algibeira, desde que você esteja com a graça de Deus, que ele não regateia a nenhum coração contrito!

— Fé eu tenho, fé eu peço, Padre...

— Você nunca trabalhou, não é? Pois, agora, por diante, cada dia de Deus você deve trabalhar por três, e ajudar os outros, sempre que puder. Modere esse mau gênio: faça de conta que ele é um poldro bravo, e que você é mais mandante do que ele... Peça a Deus assim, com esta jaculatória: "Jesus, manso e humilde de coração, fazei meu coração semelhante ao vosso..."

E, páginas adiante, o padre se portou ainda mais excelentemente, porque era mesmo uma brava criatura. Tanto assim, que, na despedida, insistiu:

— Reze e trabalhe, fazendo de conta que esta vida é um dia de capina com sol quente, que às vezes custa muito a passar, mas sempre passa. E você ainda pode ter muito pedaço bom de alegria... Cada um tem a sua hora e a sua vez: você há de ter a sua.

E, lá fora, ainda achou de ensinar à preta um enxofre e tal para o gôgo dos frangos, e aconselhou o preto a pincelar água de cal no limoeiro, e a plantar tomateiros e pés de mamão.

Meses não são dias, e a vida era aquela, no chão da choupana. Nhô Augusto comia, fumava, pensava e dormia. E tinha pequenas esperanças: de amanhã em diante, o lado de cá vai doer menos, se Deus quiser... — E voltou a recordar todas as rezas aprendidas na meninice, com a avó. Todas e muitas mais, mesmo as mais bobas de tanta deformação e mistura: as que o preto engrolava, ao lavar-lhe com creolina a ferida da perna, e as que a preta murmurava, benzendo a cuia d'água, ao lhe dar de beber.

E somente essas coisas o ocupavam, porque para ele, féria feita, a vida já se acabara, e só esperava era a salvação da sua alma e a misericórdia de Deus Nosso Senhor. Nunca mais seria gente! O corpo estava estragado, por dentro, e mais ainda a ideia. E tomara um tão grande horror às suas maldades e aos seus malfeitos passados, que nem podia se lembrar; e só mesmo rezando.

Espantava as ideias tristes, e, com o passar do tempo, tudo isso lhe foi dando uma espécie nova e mui serena de alegria. Esteve resignado, e fazia compridos progressos na senda da conversão.

Quando ficou bom para andar, escorando-se nas muletas que o preto fabricara, já tinha os seus planos, menos maus, cujo ponto de início consistia em ir para longe, para o sitiozinho perdido no sertão mais longínquo — uma data de dez alqueires, que ele não conhecia nem pensara jamais que teria de ver, mas que era agora a única coisa que possuía de seu. Antes de partir, teve com o padre uma derradeira conversa, muito edificante e vasta. E, junto com o casal de pretos samaritanos, que, ao hábito de se desvelarem, agora não o podiam deixar nem por nada, pegou chão, sem paixão.

Largaram à noite, porque o começo da viagem teria de ser uma verdadeira escapada. E, ao sair, Nhô Augusto se ajoelhou, no meio da estrada, abriu os braços em cruz, e jurou:

— Eu vou p'ra o céu, e vou mesmo, por bem ou por mal!... E a minha vez há de chegar... P'ra o céu eu vou, nem que seja a porrete!... E os negros aplaudiram, e a turminha pegou o passo, a caminho do sertão.

Foram norte a fora, na derrota dos criminosos fugidos, dormindo de dia e viajando de noite, como cativos amocambados, de quilombo a quilombo. Para além do Bacuparí, do Boqueirão, da Broa, da Vaca e da Vacaria, do Peixe-Bravo, dos Tachos, do Tamanduá, da Serra-Fria, e de todos os muitos arraiais jazentes na reta das léguas, ao pé dos verdes morros e dos morros de cristais brilhantes, entre as varjarias e os cordões-de-mato. E deixavam de lado moendas e fazendas, e as estradas com cancelas, e roçarias e sítios de monjolos, e os currais do Fonseca, e a pedra quadrada dos irmãos Trancoso; e mesmo as grandes casas velhas, sem gente mais morando, vazias como os seus currais. E dormiam nas brenhas, ou sob as árvores de sombra das caatingas, ou em ranchos de que todos são donos, à beira das lagoas com patos e das lagoas cobertas de mato. Atravessaram o Rio das Rãs e o Rio do Sapo. E vieram, por picadas penhascosas e sendas de pedregulho, contra as serras azuis e as serras amarelas, sempre. Depois, por baixadas, com outeiros, terras mansas. E em paragens ripuárias, mas evitando a linha dos vaus, sob o voo das garças, — os caminhos por onde as boiadas vêm, beirando os rios.

E assim se deu que, lá no povoado do Tombador, — onde, às vezes, pouco às vezes e somente quando transviados da boa rota, passavam uns bruaqueiros tangendo tropa, ou uns baianos corajosos migrando rumo sul, — apareceu, um dia, um homem esquisito, que ninguém não podia entender.

Mas todos gostaram logo dele, porque era meio doido e meio santo; e compreender deixaram para depois.

Trabalhava que nem um afadigado por dinheiro, mas, no feito, não tinha nenhuma ganância e nem se importava com acrescentes: o que vivia era querendo ajudar os outros. Capinava para si e para os vizinhos do seu fogo, no querer de repartir, dando de amor o que possuísse. E só pedia, pois, serviço para fazer, e pouca ou nenhuma conversa.

O casal de pretos, que moravam junto com ele, era quem mandava e desmandava na casa, não trabalhando um nada e vivendo no estadão. Mas, ele, tinham-no visto mourejar até dentro da noite de Deus, quando havia luar claro.

Nos domingos, tinha o seu gosto de tomar descanso: batendo mato, o dia inteiro, sem sossego, sem espingarda nenhuma e nem nenhuma arma para caçar; e, de tardinha, fazendo parte com as velhas corocas que rezavam o terço ou os meses dos santos. Mas fugia às léguas de viola ou sanfona, ou de qualquer outra qualidade de música que escuma tristezas no coração.

Quase sempre estava conversando sozinho, e isso também era de maluco, diziam; porque eles ignoravam que o que fazia era apenas repetir, sempre que achava preciso, a fala final do padre: — "Cada um tem a sua hora e a sua vez: você há-de ter a sua". — E era só.

E assim se passaram pelo menos seis ou seis anos e meio, direitinho deste jeito, sem tirar e nem pôr, sem mentira nenhuma, porque esta aqui é uma estória inventada, e não é um caso acontecido, não senhor.

Quem quisesse, porém, durante esse tempo, ter dó de Nhô Augusto, faria grossa bobagem, porquanto ele não tinha tentações, nada desejava, cansava o corpo no pesado e dava rezas para a sua alma, tudo isso sem esforço nenhum, como os cupins que levantam no pasto murundus vermelhos, ou como os tico-ticos, que penam sem cessar para levar comida ao filhote de pássaro-preto — bico aberto, no alto do mamoeiro, a pedir mais.

Esta última lembrança era do povo do Tombador, já que em toda a parte os outros implicam com os que deles se desinteressam, e que o pessoal nada sabia das alheias águas passadas, e nem que o negro e a negra eram agora pai e mãe de Nhô Augusto.

Também, não fumava mais, não bebia, não olhava para o bom-parecer das mulheres, não falava junto em discussão. Só o que ele não podia era se lembrar da sua vergonha; mas, ali, naquela biboca perdida, fim-de-mundo, cada dia que descia ajudava a esquecer.

Mas, como tudo é mesmo muito pequeno, e o sertão ainda é menor, houve que passou por lá um conhecido velho de Nhô Augusto — o Tião da Thereza — à procura de trezentas reses de uma boiada brava, que se desmanchara nos gerais do alto Urucúia, estourando pelos cem caminhos sem fim do chapadão.

Tião da Thereza ficou bobo de ver Nhô Augusto. E, como era casca-grossa, foi logo dando as notícias que ninguém não tinha pedido: a mulher, Dona Dionóra, continuava amigada com seu Ovídio, muito de-bem os dois, com tenção até em casamento de igreja, por pensarem que ela estava desimpedida de marido; com a filha, sim, é que fora uma tristeza: crescera sã e se encorpara uma mocinha muito linda, mas tinha caído na vida, seduzida por um cometa, que a levara do arraial, para onde não se sabia... O Major Consilva prosseguia mandando no Murici, e arrematara as duas fazendas de Nhô Augusto... Mas o mais mal-arrumado tinha sido com o Quim, seu antigo camarada, o pobre do Quim Recadeiro — "Se alembra?" — Pois o Quim tinha morrido de morte-matada, com mais de vinte balas no corpo, por causa dele, Nhô Augusto: quando soube que seu patrão tinha sido assassinado, de mando do Major, não tivera dúvida: ...jurou desforra, beijando a garrucha, e não esperou café coado! Foi cuspir no cangussú detrás da moita, e ficou morto, mas já dentro da sala-de-jantar do Major, e depois de matar dois capangas e ferir mais um...

— Para, chega, Tião!... Não quero saber de mais coisa nenhuma! Só te peço é para fazer de conta que não me viu, e não contar p'ra ninguém, pelo amor de Deus, por amor de sua mulher, de seus filhos e de tudo o que para você tem valor!... Não é mentira muita, porque é a mesma coisa em como se eu tivesse morrido mesmo... Não tem mais nenhum Nhô Augusto Estêves, das Pindaíbas, Tião...

— Estou vendo, mesmo. Estou vendo...

E Tião da Thereza pôs, nos olhos, na voz e no meio-aberto da boca, tanto nojo e desprezo, que Nhô Augusto abaixou o queixo; e nem adiantou repetir para si mesmo a jaculatória do coração manso e humilde: teve foi de sair, para trás das bananeiras, onde se ajoelhou e rejurou: — P'ra o céu eu vou, nem que seja a porrete!...

E foi bom passo que nesse dia um homem chamado Romualdo, morador à beira da cava, precisou de ajuda para tirar uma égua do atoleiro, e Nhô Augusto teve trabalho até tarde da noite, com fogueira acesa e tocha na mão.

Mas, daí em seguida, ele não guardou mais poder para espantar a tristeza. E, com a tristeza, uma vontade doente de fazer coisas mal-feitas, uma vontade sem calor no corpo, só pensada: como que, se bebesse e cigarrasse, e ficasse sem trabalhar nem rezar, haveria de recuperar sua força de homem e seu acerto de outro tempo, junto com a pressa das coisas, como os outros sabiam viver.

Mas, a vergonheira atrasada? E o castigo? O padre bem que tinha falado:

— "Você, em toda sua vida, não tem feito senão pecados muito graves, e Deus mandou estes sofrimentos só para um pecador poder ter a ideia do que o fogo do inferno é!..."

Sim, era melhor rezar mais, trabalhar mais e escorar firme, para poder alcançar o reino-do-céu. Mas o mais terrível era que o desmazelo de alma em que se achava não lhe deixava esperança nenhuma do jeito de que o Céu podia ser.

— Desonrado, desmerecido, marcado a ferro feito rês, mãe Quitéria, e assim tão mole, tão sem homência, será que eu posso mesmo entrar no céu?!...

— Não fala fácil, meu filho!... Dei'stá: debaixo do angu tem molho, e atrás de morro tem morro.

— Isso sim... Cada um tem a sua vez, e a minha hora há-de chegar!...

E, enquanto isso tudo, Nhô Augusto estava no escuro e sozinho, cercado de capiaus descalços, vestidos de riscado e seriguilha tinta, sem padre nenhum com quem falar. E essa era a consequência de um estouro de boiada na vastidão do planalto, por motivo de uma picada de vespa na orelha de um marruaz bravio, combinada com a existência, neste mundo, do Tião da Thereza. E tudo foi bem assim, porque tinha de ser, já que assim foi.

Apenas, Nhô Augusto se confessou aos seus pretos tutelares, longamente, humanamente, e foi essa a primeira vez. E, no fim, desabafou: que era demais o que estava purgando pelos seus pecados, e que Nosso Senhor se tinha esquecido dele! A mulher, feliz, morando com outro... A filha, tão nova, e já na mão de todos, rolando por este mundo, ao deus-dará... E o Quim, o Quim Recadeiro — um rapazinho miúdo, tão no desamparo — e morrendo como homem, por causa do patrão... um patrão de borra, que estava p'r'ali no escondido, encostado, que nem como se tivesse virado mulher!...

— O resto é peso p'ra dia, mãe Quitéria... Mas, como é? Como é que eu vou me encontrar com o Quim lá com Deus, com que cara?!... E eu já fui zápede, já pus fama em feira, mãe Quitéria! Na festa do Rosário, na Tapera... E um dia em que enfrentei uns dez, fazendo todo-o-mundo correr... Desarmei e dei pancada, no Sergipão Congo, mãe Quitéria, que era mão que desce, mesmo monstro matador!... E a briga, com a família inteira, pai, irmão, tio, da moça que eu tirei de casa, semana em antes de se casar?!...

— Vira o demônio de costas, meu filho... Faz o que o seu padre mandou!

— E é o diabo mesmo, mãe Quitéria... Eu sei... Ou então é castigo, porque eu vou me lembrar dessas coisas logo agora, que o meu corpo não está valendo, nem que eu queira, nem p'ra brigar com homem e nem p'ra gostar de mulher...

— Rezo o credo!

Mas Nhô Augusto, que estava de cócoras, sentou-se no chão e continuou:

— Tem horas em que fico pensando que, ao menos por honrar o Quim, que morreu por minha causa, eu tinha ordem de fazer alguma vantagem... Mas eu tenho medo... Já sei como é que o inferno é, mãe Quitéria... Podia ir procurar a coitadinha da minha filha, que talvez esteja sofrendo, precisando de mim... Mas eu sei que isso não é eito meu, não é não. Tenho é de ficar pagando minhas culpas, penando aqui mesmo, no sozinho. Já fiz penitência estes anos todos, e não posso ter prejuízo deles! Se eu quisesse esperdiçar essa penitência feita, ficava sem uma coisa e sem outra... Sou um desgraçado, mãe Quitéria, mas o meu dia há-de chegar!... A minha vez...

E assim nesse parado Nhô Augusto foi indo muito tempo, se acostumando com os novos sofrimentos, mais meses. Mas sempre saía para servir aos outros, quando precisavam, ajudava a carregar defuntos, visitava e assistia gente doente, e fazia tudo com uma tristeza bondosa, a mais não ser.

Até que, pouco a pouco, devagarinho, imperceptível, alguma cousa pegou a querer voltar para ele, a crescer-lhe do fundo para fora, sorrateira como a chegada do tempo das águas, que vinha vindo paralela: com o calor dos dias aumentando, e os dias cada vez maiores, e o joão-de-barro construindo casa nova, e as sementinhas, que hibernavam na poeira, esperando na poeira, em misteriosas incubações. Nhô Augusto agora tinha muita fome e muito sono. O trabalho entusiasmava e era leve. Não tinha precisão de enxotar as tristezas. Não pensava nada... E as mariposas e os cupins-de-asas vinham voar ao redor da lamparina... Círculo rodeando a lua cheia, sem se encostar... E começaram os cantos. Primeiro, os sapos: — "Sapo na seca coaxando, chuva beirando", mãe Quitéria!... — Apareceu uma jia na horta, e pererecas dentro de casa, pelas paredes... E os escorpiões e as minhocas pulavam no terreiro, perseguidos pela correição das lava-pés, em préstitos atarefados e compridos... No céu sul, houve nuvens maiores, mais escuras. Aí, o peixe--frito pegou a cantar de noite. A casca de lua, de bico para baixo, "despejando"... Um vento frio, no fim do calor do dia... Na orilha do atoleiro, a saracura fêmea gritou, pedindo três potes, três potes, três potes para apanhar água... Choveu.

Então, tudo estava mesmo muito mudado, e Nhô Augusto, de repente, pensou com a ideia muito fácil, e o corpo muito bom. Quis se assustar, mas se riu:

— Deus está tirando o saco das minhas costas, mãe Quitéria! Agora eu sei que ele está se lembrando de mim...

— Louvor ao Divino, meu filho!

E, uma vez, manhã, Nhô Augusto acordou sem saber por que era que ele estava com muita vontade de ficar o dia inteiro deitado, e achando, ao mesmo tempo, muito bom se levantar. Então, depois do café, saiu para a horta cheirosa, cheia de passarinhos e de verdes, e fez uma descoberta: por que não pitava?!... Não era pecado... Devia ficar alegre, sempre alegre, e esse era um gosto inocente, que ajudava a gente a se alegrar...

E isso foi pensado muito ligeiro, porque já ele enrolava a palha, com uma pressa medonha, como se não tivesse curtido tantos anos de abstenção. Tirou tragadas, soltou muitas fumaças, e sentiu o corpo se desmanchar, dando na fraqueza, mas com uma tremura gostosa, que vinha até ao mais dentro, parecendo que a gente ia virar uma chuvinha fina.

Não, não era pecado!... E agora rezava até muito melhor e podia esperar melhor, mais sem pressa, a hora da libertação.

E, pois, foi aí por aí, dias depois, que aconteceu uma coisa até então jamais vista, e té hoje mui lembrada pelo povinho do Tombador.

Vindos do norte, da fronteira velha-de-guerra, bem montados, bem enroupados, bem apessoados, chegaram uns oito homens, que de longe se via que eram valentões: primeiro surgiu um, dianteiro, escoteiro, que percorreu, de ponta a ponta, o povoado, pedindo água à porta de uma casa, pedindo pousada em outra, espiando muito para tudo e fazendo pergunta e pergunta; depois, então, apareceram os outros, equipados com um despropósito de armas — carabinas, novinhas quase; garruchas, de um e de dois canos; revólveres de boas marcas; facas, punhais, quicés de cabos esculpidos; porretes e facões, — e transportando um excesso de breves nos pescoços.

O bando desfilou em formação espaçada, o chefe no meio. E o chefe — o mais forte e o mais alto de todos, com um lenço azul enrolado no chapéu de couro, com dentes brancos limados em acume, de olhar dominador e tosse rosnada, mas sorriso bonito e mansinho de moça — era o homem mais afamado dos dois sertões do rio: célebre do Jequitinhonha à Serra das Araras, da beira do Jequitaí à barra do Verde Grande, do Rio Gavião até nos Montes Claros, de Carinhanha até Paracatú; maior do que Antônio Dó ou Indalécio; o arranca-toco, o treme-terra, o come-brasa, o pega-à-unha, o fecha-treta, o tira-prosa, o parte-ferro, o rompe-racha, o rompe-e-arrasa: Seu Joãozinho Bem-Bem.

O povo não se mexia, apavorado, com medo de fechar as portas, com medo de ficar na rua, com medo de falar e de ficar calado, com medo de existir. Mas Nhô Augusto, que vinha de vir do mato, carregando um feixe de lenha para um homem chamado Tobias da Venda, quando soube do que havia, jogou a carga no chão e correu ao encontro dos recém-chegados.

Então o bandido Flosino Capeta, um sujeito cabeça-de-canoa, que nunca se apartava do chefe, caçooou:

— Que suplicante mais estúrdio será esse, que vem vindo ali, feito sombração?!

Mas seu Joãozinho Bem-Bem fez o cavalo avançar duas passadas, e disse:

— Não debocha, companheiro, que eu estou gostando do jeito deste homem caminhar!

E Flosino Capeta pasmou deveras, porque era a coisa mais custosa deste mundo seu Joãozinho Bem-Bem se agradar de alguém ao primeiro olhar.

Mas Nhô Augusto, parecendo não ver os demais, veio direto ao chefe, encarando-o firme e perguntando:

— O senhor, de sua graça, é que é mesmo o seu Joãozinho Bem-Bem, pois não é?

— P'ra lhe servir, meu senhor.

— A pois, se o senhor não se acanha de entrar em casa de pobre, eu lhe convido para passar mal e se arranchar comigo, enquanto for o tempo de querer ficar por aqui... E de armar sua rede debaixo do meu telhado, que vai me dar muita satisfação!

— Eu aceito sua bondade, mano velho. Agora, preciso é de ver quem é mais, desse povinho assustado, que quer agasalhar o resto da minha gente...

— Pois eu gostava era que viessem todos juntos para o meu rancho...

— Não será abuso, mano velho?

— É não... É de coração.

— Pois então, vamos, que Deus lhe pagará!

E seu Joãozinho Bem-Bem, que, com o rabo-do-olho, não deixava de vigiar tudo em volta, virou-se, rápido, para o Epifânio, que mexia com a winchester:

— Guarda a arma, companheiro, que eu já disse que não quero essa moda de brincar de dar tiro atôa, atôa, só por amor de espantar os moradores do lugar!... Vamos chegando! Guia a gente, mano velho.

E aí o casal de pretos, em grande susto, teve de se afanar, num corre-corre de depenar galinhas, matar leitoa, procurar ovos e fazer doces. E Nhô Augusto, depois de buscar ajuda para tratar dos cavalos, andou de casa em casa, arrecadando aluá, frutas, quitandas, fumo cheiroso, muita cachaça, e tudo o mais que de fino houvesse, para os convidados. E os seus convidados achavam imensa graça naquele homem, que se atarefava em servi-los, cheio de atenções, quase de carinhos, com cujo motivo eles não topavam atinar. Tinham armado as redes de fibra nas árvores do quintal, e repousavam, cada qual com o complicado arsenal bem ao alcance da mão. Então seu Joãozinho Bem-Bem contou a Nhô Augusto: estava de passagem, com uma pequena parte do seu bando, para o sul, para o arraial das Taquaras, na nascença do Mandurí, a chamado de seu amigo Nicolau Cardoso, atacado por um mandão fazendeiro, de injustiça. E Flosino Capeta acrescentou:

— Diz'que o tal tomou reforço, com três tropas de serranos, mas é só a gente chegar lá, para não se ver ninguém mais… Eles têm que "dar o beiço e cair o cacho", seu moço!… Mas a gente nem pode mais ter o gosto de brigar, porque o pessoal não aparece, no falar de entrar no meio o seu Joãozinho Bem-Bem…

Mas seu Joãozinho Bem-Bem interrompeu o outro:

— Prosa minha não carece de contar, companheiro, que todo o mundo já sabe.

Nhô Augusto passeava com os olhos, que nunca ninguém tinha visto tão grandes nem tão redondos, mostrando todo o branco ao redor. Seu Joãozinho Bem-Bem ria um riso descansado, e os outros riam também, circundando-o, obedientes.

— A gente não ia passar, porque eu nem sabia que aqui tinha este comercinho… Nosso caminho era outro. Mas de uma banda do rio tinha a maleita, e da outra está reinando bexiga da brava… E falaram também numa soldadesca, que vem lá da Diamantina… Por isso a gente deu tanta volta.

Os pretos trouxeram a janta, para o meio do pátio. Era um banquete. E quando a turma se pôs em roda, para começar a comer, o anfitrião fez o sinal da cruz e rezou alto; e os outros o acompanharam, com o que Nhô Augusto deu mostras de exultar.

— O senhor, que é o dono da casa, venha comer aqui perto de mim, mano velho… — pediu seu Joãozinho Bem-Bem.

— Mas, que é que o senhor está gostando tanto assim de apreciar? Ah, é o Tim?... Isso é morrinha de quartel... Ele é reiúno...

Nhô Augusto namorava o Tim Tatu-tá-te-vendo, desertor do Exército e de três milícias estaduais, e que, por isso mesmo e sem querer, caminhava marchando, e, para falar com alguém, se botava de sentido, em estricta posição.

— Esta guarda guerreira acompanha o senhor há muito tempo, seu Joãozinho Bem-Bem?

O chefe acertou a sujigola e tossiu, para responder:

— Alguns. É tudo gente limpa... Mocorongo eu não aceito comigo! Homem que atira de trás do toco não me serve... Gente minha só mata as mortes que eu mando, e morte que eu mando é só morte legal!

— Êpa, ferro!... — exclamou Nhô Augusto, balançando o corpo. Seu Joãozinho Bem-Bem continuou:

— Povo sarado e escovado... Mas eles todos me dão trabalho... Este aqui é baiano, fala mestre... Cabeça-chata é outro, porque eles avançam antes da hora... Não é gente fácil... Nem goiano, porque não é andejo... E nem mineiro, porque eles andam sempre com a raiva fora-de-hora, e não gostam de parar mais, quando começam a brigar... Mas, pessoal igual ao meu, não tem!

— E o senhor também não é mineiro, seu Joãozinho Bem-Bem?

— Isso sim, que sou... Sou da beira do rio... Sei lá de onde é que eu sou?!... Mas, por me lembrar, mano velho, não leve a mal o que eu vou lhe pedir: sua janta está de primeira, está boa até de regalo... mas eu ando muito escandecido e meu estômago não presta p'ra mais... Se for coisa de pouco incômodo, o que eu queria era que o senhor mandasse aprontar para mim uma jacuba quente, com a rapadura bem preta e a farinha bem fina, e com umas folhinhas de laranja-da-terra no meio… Será que pode?

— Já, já… Vou ver.

— Deus lhe ajude, mano velho.

Enquanto isso, os outros devoravam, com muita esganação e lambança. E, quando Nhô Augusto chegou com a jacuba, interpelou-o o Zeferino, que multiplicava as sílabas, com esforço, e, como tartamudo teimoso, jogava, a cada sílaba, a cabeça para trás:

— Pois eu… eu est-t-tou m'me-espan-t-tando é de uma c'coisa, meu senhor: é de, neste jantar, com t-t-tantas c'comerias finas, não haver d-d-duas delas, das mais principais!

— Que é que está fazendo falta, amigo?

— É o m'molho da sa-mam-baia e a so-p-p'pa da c'c'anjiquinha!

Nhô Augusto sorriu:

— Eu agaranto que, na hora da zoeira, tu no pingüelo não gagueja!

— Que nada! — apoiou seu Joãozinho Bem-Bem. — Isto é cabra macho e remacheado, que dá pulo em-cruz…

Já Nhô Augusto, incansável, sem querer esperdiçar detalhe, apalpava os braços do Epifânio, mulato enorme, de musculatura embatumada, de bicipitalidade maciça. E se voltava para o Juruminho, caboclo franzino, vivo no menor movimento, ágil até no manejo do garfo, que em sua mão ia e vinha como agulha de coser:

— Você, compadre, está-se vendo que deve de ser um corisco de chegador!…

E o Juruminho, gostando.

— Chego até em porco-espinho e em tatarana-rata, e em homem de vinte braços, com vinte foices para sarilhar!… Deito em ponta de chifre, durmo em ponta de faca, e amanheço em

A hora e vez de Augusto Matraga 39

riba do meu colchão!... Está aí nosso chefe, que diga... E mais isto aqui...

E mostrou a palma da mão direita, lanhada de cicatrizes, de pegar punhais pelo pico, para desarmar gente em agressão.

Nhô Augusto se levantara, excitado:

— Ôpa! Ôi-ai!... A gente botar você, mais você, de longe, com as clavinas... E você outro, aí, mais este compadre de cara séria, p'ra voltearem... E este companheirinho chegador, para chegar na frente, e não dizer até-logo!... E depois chover sem chuva, com o pau escrevendo e lendo, e arma-de-fogo debulhando, e homem mudo gritando, e os do-lado-de-lá correndo e pedindo perdão!...

Mas, aí, Nhô Augusto calou, com o peito cheio; tomou um ar de acanhamento; suspirou e perguntou:

— Mais galinha, um pedaço, amigo?

— 'Tou feito.

— E você, seu barra?

— Agradecido... 'Tou encalcado... 'Tou cheio até à tampa!

Enquanto isso, seu Joãozinho Bem-Bem, de cabeça entornada, não tirava os olhos de cima de Nhô Augusto. E Nhô Augusto, depois de servir a cachaça, bebeu também, dois goles, e pediu uma das *papo-amarelo*, para ver:

— Não faz conta de balas, amigo? Isto é arma que cursa longe...

— Pode gastar as óito. Experimenta naquele pássaro ali, na pitangueira...

— Deixa a criaçãozinha de Deus. Vou ver só se corto o galho... Se errar, vocês não reparem, porque faz tempo que eu não puxo dedo em gatilho...

Fez fogo.

— Mão mandona, mano velho. Errou o primeiro, mas acertou um em dois… Ferrugem em bom ferro!

Mas, nesse tento, Nhô Augusto tornou a fazer o pelo-sinal e entrou num desânimo, que o não largou mais. Continuou, porém, a cuidar bem dos seus hóspedes, e, como o pessoal se acomodara ali mesmo, nas redes, ao relento, com uma fogueira acesa no meio do terreiro, ele só foi dormir tarde da noite, quando não houve mais nem um para contar histórias de conflitos, assaltos e duelos de exterminação.

Cedinho na manhã seguinte, o grupo se despediu. Joãozinho Bem-Bem agradeceu muito o agasalho, e terminou:

— O senhor, mano velho, a modo e coisa que é assim meio diferente, mas eu estou lhe prestando atenção, este tempo todo, e agora eu acho, pesado e pago, que o senhor é mas é pessoa boa mesmo, por ser. Nossos anjos-da-guarda combinaram, e isso para mim é o sinal que serve. A pois, se precisar de alguma coisa, se tem um recado ruim para mandar para alguém… Tiver algum inimigo alegre, por aí, é só dizer o nome e onde mora. Tem não? Pois, 'tá bom. Deus lhe pague suas bondades.

—Vão com Deus! Até à volta, vocês todos. 'Té a volta, seu Joãozinho Bem-Bem!

Mas, depois de montado, o chefe ainda chamou Nhô Augusto, para dizer:

— Mano velho, o senhor gosta de brigar, e entende. Está-se vendo que não viveu sempre aqui nesta grota, capinando roça e cortando lenha… Não quero especular coisa de sua vida p'ra trás, nem se está se escondendo de algum crime. Mas, comigo é que o senhor havia de dar sorte! Quer se amadrinhar com meu povo? Quer vir junto?

— Ah, não posso! Não me tenta, que eu não posso, seu Joãozinho Bem-Bem…

— Pois então, mano velho, paciência.

— Mas nunca que eu hei de me esquecer dessa sua bizarria, meu amigo, meu parente, seu Joãozinho Bem-Bem!

Aí, o Juruminho, que tinha ficado mais para trás, de propósito, se curvou para Nhô Augusto e pediu, num cochicho ligeiro, para que os outros não escutassem:

— Amigo, reza por uma irmãzinha que eu tenho, que sofre de doença com muitas dores e vive na cama entrevada, lá no arraial do Urubú...

E o bando entrou na estrada, com o Tim Tatu-tá-te-vendo puxando uma cantiga brava, de tempo de revolução:

"O terreiro lá de casa
não se varre com vassoura:
Varre com ponta de sabre,
bala de metralhadora..."

Nhô Augusto não tirou os olhos, até que desaparecessem. E depois se esparramou em si, pensando forte. Aqueles, sim, que estavam no bom, porque não tinham de pensar em coisa nenhuma de salvação de alma, e podiam andar no mundo, de cabeça em-pé... Só ele, Nhô Augusto, era quem estava de todo desonrado, porque, mesmo lá, na sua terra, se alguém se lembrava ainda do seu nome, havia de ser para arrastá-lo pela rua-da-amargura...

O convite de seu Joãozinho Bem-Bem, isso, tinha de dizer, é que era cachaça em copo grande! Ah, que vontade de aceitar e ir também...

E o oferecimento? Era só falar! Era só bulir com a boca, que seu Joãozinho Bem-Bem, e o Tim, e o Juruminho, e o Epifânio — e todos — rebentavam com o Major Consilva, com o Ovídio, com a mulher, com todo-o-mundo que tivesse tido mão ou fala na sua desgarração. Eh, mundo velho de bambaruê e bambaruá!... Eh, ferragem!...

E Nhô Augusto cuspiu e riu, cerrando os dentes.

Mas, qual, aí era que se perdia, mesmo, que Deus o castigava com mão mais dura...

E só então foi que ele soube de que jeito estava pegado à sua penitência, e entendeu que essa história de se navegar com religião, e de querer tirar sua alma da boca do demônio, era a mesma coisa que entrar num brejão, que, para a frente, para trás e para os lados, é sempre dificultoso e atola sempre mais.

Recorreu ao rompante:

— Agora que eu principiei e já andei um caminho tão grande, ninguém não me faz virar e nem andar de-fasto!

E, à noite, tomou um trago sem ser por regra, o que foi bem bom, porque ele já viajou, do acordado para o sono, montado num sonho bonito, no qual havia um Deus valentão, o mais solerte de todos os valentões, assim parecido com seu Joãozinho Bem-Bem, e que o mandava ir brigar, só para lhe experimentar a força, pois que ficava lá em-cima, sem descuido, garantindo tudo.

E, assim, dormiram as coisas.

Deu uma invernada brava, mas para Nhô Augusto não foi nada: passava os dias debaixo da chuva, limpando o terreiro, sem precisão nenhuma. Depois, entestou de pôr abaixo o mato, que conduzia até à beira do córrego os angicos de casca encoscorada e os jacarandás anosos, da primeira geração. E era cada machadada bruta, com ele golpeando os troncos, e gritando. E os pretos, que se estavam dando muito bem com o sistema, traziam-lhe de vez em quando um golinho, para que ele não apanhasse resfriado; e, como para chegarem até lá também se molhavam, tomavam cuidado de se defender, igualmente, contra os seus resfriados possíveis.

E ainda outras coisas tinham acontecido, e a primeira delas era que, agora, Nhô Augusto sentia saudades de mulheres. E a força da vida nele latejava, em ondas largas, numa tensão confortante, que era um regresso e um ressurgimento. Assim, sim, que era bom fazer penitência, com a tentação estimulando, com o rasto no terreno conquistado, com o perigo e tudo. Nem pensou mais em morte, nem em ir para o céu; e mesmo a lembrança de sua desdita e reveses parou de atormentá-lo, como a fome depois de um almoço cheio. Bastava-lhe rezar e aguentar firme, com o diabo ali perto, subjugado e apanhando de rijo, que era um prazer. E somente por hábito, quase, era que ia repetindo:

— Cada um tem a sua hora, e há-de chegar a minha vez!

Tanto assim, que nem escolhia, para dizer isso, as horas certas, as três horas fortes do dia, em que os anjos escutam e dizem amém...

Mas, afinal, as chuvas cessaram, e deu uma manhã em que Nhô Augusto saiu para o terreiro e desconheceu o mundo: um sol, talqualzinho a bola de enxofre do fundo do pote, marinhava céu acima, num azul de água sem praias, com luz jogada de um para o outro lado, e um desperdício de verdes cá em baixo — a manhã mais bonita que ele já pudera ver.

Estava capinando, na beira do rego.

De repente, na altura, a manhã gargalhou: um bando de maitacas passava, tinindo guizos, partindo vidros, estralejando de rir. E outro. Mais outro. E ainda outro, mais baixo, com as maitacas verdinhas, grulhantes, gralhantes, incapazes de acertarem as vozes na disciplina de um coro.

Depois, um grupo verde-azulado, mais sóbrio de gritos e em fileiras mais juntas.

— Uai! Até as maracanãs!

E mais maitacas. E outra vez as maracanãs fanhosas. E não se acabavam mais. Quase sem folga: era uma revoada estrilando bem por cima da gente, e outra brotando ao norte, como pontozinho preto, e outra — grão de verdura — se sumindo no sul.

— Levou o diabo, que eu nunca pensei que tinha tantos!

E agora os periquitos, os periquitinhos de guinchos timpânicos, uma esquadrilha sobrevoando outra… E mesmo, de vez em quando, discutindo, brigando, um casal de papagaios ciumentos. Todos tinham muita pressa: os únicos que interromperam, por momentos, a viagem, foram os alegres tuins, os minúsculos tuins de cabecinhas amarelas, que não levam nada a sério, e que choveram nos pés de mamão e fizeram recreio, aos pares, sem sustar o alarido — *rrrl-rrril!rrrl-rrril!*…

Mas o que não se interrompia era o trânsito das gárrulas maitacas. Um bando grazinava alto, risonho, para o que ia na frente: — Me espera!… Me espera!… — E o grito tremia e ficava nos ares, para o outro escalão, que avançava lá atrás.

—Virgem! Estão todas assanhadas, pensando que já tem milho nas roças… Mas, também, como é que podia haver um de-manhã mesmo bonito, sem as maitacas?!…

O sol ia subindo, por cima do voo verde das aves itinerantes. Do outro lado da cerca, passou uma rapariga. Bonita! Todas as mulheres eram bonitas. Todo anjo do céu devia de ser mulher.

E Nhô Augusto pegou a cantar a cantiga, muito velha, do capiau exilado:

> *"Eu quero ver a moreninha tabaroa,*
> *arregaçada, enchendo o pote na lagoa…"*

Cantou, longo tempo. Até que todas as asas saíssem do céu.

— Não passam mais... Ô papagaiada vagabunda! Já devem de estar longe daqui...

Longe, onde?

"*Como corisca, como ronca a trovoada,
no meu sertão, na minha terra abençoada...*"

Longe, onde?

"*Quero ir namorar com as pequenas,
com as morenas do Norte de Minas...*"

Mas, ali mesmo, no sertão do Norte, Nhô Augusto estava. Longe onde, então?

Quando ele encostou a enxada e veio andando para a porta da cozinha, ainda não possuía ideia alguma do que ia fazer. Mas, dali a pouco, nada adiantavam, para retê-lo, os rogos reunidos de mãe preta Quitéria e de pai preto Serapião.

— Adeus, minha gente, que aqui é que mais não fico, porque a minha vez vai chegar, e eu tenho que estar por ela em outras partes!

— Espera o fim das chuvas, meu filho! Espera a vazante...

— Não posso, mãe Quitéria. Quando coração está mandando, todo tempo é tempo!... E, se eu não voltar mais, tudo o que era de meu fica sendo para vocês.

Rodolpho Merêncio quis emprestar-lhe um jegue.

— Que nada! Lhe agradeço o bom desejo, mas não preciso de montada, porque eu vou é mesmo a pé...

Mas, depois, aceitou, porque mãe Quitéria lhe recordou ser o jumento um animalzinho assim meio sagrado, muito misturado às passagens da vida de Jesus.

E todos sentiram muito a sua partida. Mas ele estava madurinho de não ficar mais, e, quando chegou no sozinho, espiou só para a frente, e logo entoou uma das letras que ouvira aos guerreiros de seu Joãozinho Bem-Bem:

> *"A roupa lá de casa*
> *não se lava com sabão:*
> *lava com ponta de sabre*
> *e com bala de canhão…"*

Cantar, só, não fazia mal, não era pecado. As estradas cantavam. E ele achava muitas coisas bonitas, e tudo era mesmo bonito, como são todas as coisas, nos caminhos do sertão.

Parou, para espiar um buraco de tatu, escavado no barranco; para descascar um ananás selvagem, de ouro mouro, com cheiro de presépio; para tirar mel da caixa comprida da abelha borá; para rezar perto de um pau-d'arco florido e de um solene pau-d'óleo, que ambos conservavam, muito de-fresco, os sinais da mão de Deus. E, uma vez, teve de se escapar, depressa, para a meia-encosta, e ficou a contemplar, do alto, o caminho, belo como um rio, reboante ao tropel de uma boiada de duas mil cabeças, que rolava para o Itacambira, com a vaqueirama encourada — piquete de cinco na testa, em cada talão sete ou oito, e, atrás, todo um esquadrão de ulanos morenos, cantando cantigas do alto sertão.

E também fez, um dia, o jerico avançar atrás de um urubu reumático, que claudicava estrada a fora, um pedaço, antes de querer voar. E bebia, aparada nas mãos, a água das frias cascatas véus-de-noivas dos morros, que caem com tom de abundância e abandono. Pela primeira vez na sua vida, se extasiou com as pinturas do poente, com os três coqueiros subindo da linha da montanha para se recortarem num fundo alaranjado, onde, na descida do sol, muitas nuvens pegam fogo. E viu voar, do mulungu, vermelho, um tié-piranga, ainda mais vermelho — e o tié-piranga pousou num ramo do barbatimão sem flores, e Nhô Augusto sentiu que o barbatimão todo se alegrava, porque tinha agora um ramo que era de mulungu.

Viajou nas paragens dos mangabeiros, que lhe davam dormida nas malocas, de tecto e paredes de palmas de buriti. Retornou à beira do rio, onde os barranqueiros lhe davam comida, de pirão com pimenta e peixe. Depois, seguiu.

Uma tarde, cruzou, em pleno chapadão, com um bode amarelo e preto, preso por uma corda e puxando, na ponta da corda, um cego, esguio e meio maluco. Parou, e o cego foi declamando lenta e mole melopeia:

> *"Eu já vi um gato ler*
> *e um grilo sentar escola,*
> *nas asas de uma ema*
> *jogar-se o jogo da bola,*
> *dar louvores ao macaco.*
> *Só me falta ver agora*
> *acender vela sem pavio,*
> *correr p'ra cima a água do rio,*
> *o sol a tremer com frio*
> *e a lûa tomar tabaco!..."*

— Eh, zoeira! 'Tou também!... — aplaudiu Nhô Augusto. Já o cego estendia a mão, com a sacola:
— "Estou misturando aqui o dinheirinho de todos"...
Mas mudou de projeto, enquanto Nhô Augusto caçava qualquer cobre na algibeira:

— Tem algum de-comer, aí, irmão? Dinheiro quero menos, que por aqui por estes trechos a gente custa muito a encontrar qualquer povoado, e até as cafuas mesmo são vasqueiras...

E explicou: tinha um menino-guia, mas esse-um havia mais de um mês que escapulira; e teria roubado também o bode, se o bode não tivesse berrado e ele não investisse de porrete. Agora, era aquele bicho de duas cores quem escolhia o caminho... Sabia, sim, sabia tudo! Ótimo para guiar... Companheiro de lei, que nem gente, que nem pessoa de sua família...

Se despediu. Achava a vida muito boa, e ia para a Bahia, de volta para o Caitité, porque quando era menino tinha nascido lá.

— Pois eu estou indo para a banda de onde você veio... Em todo o caso, meu compadre cego por destino de Deus, em todo o caso, dá lembrança minha a todos do povo da sua terra, toda essa gente certa, que eu não tenho ocasião de conhecer!

E aí o jumento andou, e Nhô Augusto ainda deu um eco, para o cerrado ouvir:

— "Qualquer paixão me adiverte..." Oh coisa boa a gente andar solto, sem obrigação nenhuma e bem com Deus!...

E quando o jegue empacava — porque, como todo jumento, ele era terrível de queixo-duro, e tanto tinha de orelhas quanto de preconceitos, — Nhô Augusto ficava em cima, mui concorde, rezando o terço, até que o jerico se decidisse a caminhar outra vez. E também, nas encruzilhadas, deixava que o bendito asno escolhesse o caminho, bulindo com as conchas dos ouvidos e ornejando. E bastava batesse no campo o pio de uma perdiz magoada, ou viesse do mato a lália lamúria dos tucanos, para o jumento mudar de rota, pendendo à esquerda ou se empescoçando para a direita; e, por via de um gavião casaco-de-couro cruzar-lhe à frente, já ele estacava, em concentrado prazo de irresolução.

Mas, somadas as léguas e deduzidos os desvios, vinham eles sempre para o sul, na direção das maitacas viajoras. Agora, amiudava-se o aparecimento de pessoas — mais ranchos, mais casas, povoados, fazendas; depois, arraiais, brotando do chão. E então, de repente, estiveram a muito pouca distância do arraial do Muricí.

— Não me importo! Aonde o jegue quiser me levar, nós vamos, porque estamos indo é com Deus!...

E assim entraram os dois no arraial do Rala-Coco, onde havia, no momento, uma agitação assustada no povo.

Mas, quando responderam a Nhô Augusto: "— É a jagunçada de seu Joãozinho Bem-Bem, que está descendo para a Bahia..." — ele, de alegre, não se pôde conter:

— Agora sim! Cantou p'ra mim, passarim!... Mas, onde é que eles estão?

Estavam aboletados, bem no centro do arraial, numa casa de fazendeiro, onde seu Joãozinho Bem-Bem recebeu Nhô Augusto, com muita satisfação.

Nhô Augusto caçoou:

— "Boi andando no pasto, p'ra lá e p'ra cá, capim que acabou ou está para acabar..."

— É isso, mano velho... Livrei meu compadre Nicolau Cardoso, bom homem... E agora vou ajuntar o resto do meu pessoal, porque tive recado de que a política se apostemou, do lado de lá das divisas, e estou indo de rota batida para o Pilão Arcado, que o meu amigo Franquilim de Albuquerque é capaz de precisar de mim...

Fitava Nhô Augusto com olhos alegres, e tinha no rosto um ar paternal. Mas, na testa, havia o resto de uma ruga.

— Está vendo, mano velho? Quem é que não se encontra, neste mundo?… Fico prazido, por lhe ver. E agora o senhor é quem está em minha casa… Vai se arranchar comigo. Se abanque, mano velho, se abanque!… Arranja um café aqui p'ra o parente, Flosino!

— Não queria empalhar… O senhor está com pouco prazo…

— Que nada, mano velho! Nós estamos de saída, mas ainda falta ajustar um devido, para não se deixar rabo para trás… Depois lhe conto. O senhor mesmo vai ver, daqui a pouco… Come com gosto, mano velho.

Nhô Augusto mordia o pão de broa, e espiava, inocente, para ver se já vinha o café.

— Tem chá de congonha, requentado, mano velho…

— Aceito também, amigo. Estou com fome de tropeiro… Mas, qu'é de o Juruminho?

— Ah, o senhor guardou o nome, e, a pois, gostou dele, do menino… Pois foi logo com o pobre do Juruminho, que era um dos mais melhores que eu tinha…

— Não diga…

O rosto de seu Joãozinho Bem-Bem foi ficando sombrio.

— O matador — foi à traição, — caiu no mundo, campou no pé… Mas a família vai pagar tudo, direito!

Seu Joãozinho Bem-Bem, sentado em cima da beirada da mesa, brincava com os três bentinhos do pescoço, e batia, muito ligeiro, os calcanhares, um no outro. Nhô Augusto, parando de limpar os dentes com o dedo, lastimou:

— Coitado do Juruminho, tão destorcido e de tão bom parecer… Deixa eu rezar por alma dele…

Seu Joãozinho Bem-Bem desceu da mesa e caminhou pela sala, calado. Nhô Augusto, cabeça baixa, sempre sentado num selim velho, dava o ar de quem estivesse com a mente muito longe.

— Escuta, mano velho...

Seu Joãozinho Bem-Bem parou em frente de Nhô Augusto, e continuou:

— ...eu gostei da sua pessoa, em-desde a primeira hora, quando o senhor caminhou para mim, na rua daquele lugarejo... Já lhe disse, da outra vez, na sua casa: o senhor não me contou coisa nenhuma de sua vida, mas eu sei que já deve de ter sido brigador de ofício. Olha: eu, até de longe, com os olhos fechados, o senhor não me engana: juro como não há outro homem p'ra ser mais sem medo e disposto para tudo. É só o senhor mesmo querer...

— Sou um pobre pecador, seu Joãozinho Bem-Bem...

— Que-o-quê! Essa mania de rezar é que está lhe perdendo... O senhor não é padre nem frade, p'ra isso; é algum?... Cantoria de igreja, dando em cabeça fraca, desgoverna qualquer valente... Bobajada!...

— Bate na boca, seu Joãozinho Bem-Bem meu amigo, que Deus pode castigar!

— Não se ofenda, mano velho, deixe eu dizer: eu havia de gostar, se o senhor quisesse vir comigo, para o norte... Já lhe falei e torno a falar: é convite como nunca fiz a outro, e o senhor não vai se arrepender! Olha: as armas do Juruminho estão aí, querendo dono novo...

— Deixa eu ver...

Nhô Augusto bateu a mão na winchester, do jeito com que um gato poria a pata num passarinho. Alisou coronha e cano. E os seus dedos tremiam, porque essa estava sendo a maior das suas tentações.

Fazer parte do bando de seu Joãozinho Bem-Bem! Mas os lábios se moviam — talvez ele estivesse proferindo entre dentes o creio-em-deus-padre — e, por fim, negou com a cabeça, muitas vezes:

— Não posso, meu amigo seu Joãozinho Bem-Bem!... Depois de tantos anos... Fico muito agradecido, mas não posso, não me fale nisso mais...

E ria para o chefe dos guerreiros, e também por dentro se ria, e era o riso do capiau ao passar a perna em alguém, no fazer qualquer negócio.

— Está direito, lhe obrigar não posso... Mas, pena é...

Nisso, fizeram um estardalhaço, à entrada.

— Quem é?

— É o tal velho caduco, chefe.

— Deixa ele entrar. Vem cá, velho.

O velhote chorava e tremia, e se desacertou, frente às pessoas. Afinal, conseguiu ajoelhar-se aos pés de seu Joãozinho Bem-Bem.

— Ai, meu senhor que manda em todos... Ai, seu Joãozinho Bem-Bem, tem pena!... Tem pena do meu povinho miúdo... Não corta o coração de um pobre pai...

— Levanta, velho...

— O senhor é poderoso, é dono do choro dos outros... Mas a Virgem Santíssima lhe dará o pago por não pisar em formiguinha do chão... Tem piedade de nós todos, seu Joãozinho Bem-Bem!...

— Levanta, velho! Quem é que teve piedade do Juruminho, baleado por detrás?

— Ai, seu Joãozinho Bem-Bem, então lhe peço, pelo amor da senhora sua mãe, que o teve e lhe deu de mamar, eu lhe peço que dê ordem de matarem só este velho, que não presta para mais nada... Mas que não mande judiar com os pobrezinhos dos meus filhos e minhas filhas, que estão lá em casa sofrendo, adoecendo de medo, e que não têm culpa nenhuma do que fez o irmão... Pelo sangue de Jesus Cristo e pelas lágrimas da Virgem Maria!...

E o velho tapou a cara com as mãos, sempre ajoelhado, curvado, soluçando e arquejando.

Seu Joãozinho Bem-Bem pigarreou, e falou:

— Lhe atender não posso, e com o senhor não quero nada, velho. É a regra... Senão, até quem é mais que havia de querer obedecer a um homem que não vinga gente sua, morta de traição?... É a regra. Posso até livrar de *sebaça*, às vezes, mas não posso perdoar isto não... Um dos dois rapazinhos seus filhos tem de morrer, de tiro ou à faca, e o senhor pode é escolher qual deles é que deve de pagar pelo crime do irmão. E as moças... Para mim não quero nenhuma, que mulher não me enfraquece: as mocinhas são para os meus homens...

— Perdão, para nós todos, seu Joãozinho Bem-Bem... Pelo corpo de Cristo na Sexta-Feira da Paixão!

— Cala a boca, velho. Vamos logo cumprir a nossa obrigação...

Mas, aí, o velho, sem se levantar, inteiriçou-se, distendeu o busto para cima, como uma caninana enfuriada, e pareceu que ia chegar com a cara até em frente à de seu Joãozinho Bem-Bem. Hirto, cordoveias retesas, mastigando os dentes e cuspindo baba, urrou:

— Pois então, satanás, eu chamo a força de Deus p'ra ajudar a minha fraqueza no ferro da tua força maldita!...

Houve um silêncio. E, aí:

— Não faz isso, meu amigo seu Joãozinho Bem-Bem, que o desgraçado do velho está pedindo em nome de Nosso Senhor e da Virgem Maria! E o que vocês estão querendo fazer em casa dele é coisa que nem Deus não manda e nem o diabo não faz!

Nhô Augusto tinha falado; e a sua mão esquerda acariciava a lâmina da lapiana, enquanto a direita pousava, despreocupada, no pescoço da carabina. Dera tom calmo às palavras, mas puxava forte respiração soprosa, que quase o levantava do selim e o punha no assento outra vez. Os olhos cresciam, todo ele crescia, como um touro que acha os vaqueiros excessivamente abundantes e cisma de ficar sozinho no meio do curral.

— Você está caçoando com a gente, mano velho?

— Estou não. Estou pedindo como amigo, mas a conversa é no sério, meu amigo, meu parente, seu Joãozinho Bem-Bem.

— Pois pedido nenhum desse atrevimento eu até hoje nunca que ouvi nem atendi!...

O velho engatinhou, ligeiro, para se encostar na parede. No calor da sala, uma mosca esvoaçou.

— Pois então... — e Nhô Augusto riu, como quem vai contar uma grande anedota — ...Pois então, meu amigo seu Joãozinho Bem-Bem, é fácil... Mas tem que passar primeiro por riba de eu defunto...

Joãozinho Bem-Bem se sentia preso a Nhô Augusto por uma simpatia poderosa, e ele nesse ponto era bem-assistido, sabendo prever a viragem dos climas e conhecendo por instinto as grandes coisas. Mas Teófilo Sussuarana era bronco excessivamente bronco, e caminhou para cima de Nhô Augusto. Na sua voz:

— Epa! Nomopadrofilhospritossantamêin! Avança, cambada de filhos-da-mãe, que chegou minha vez!...

E a casa matraqueou que nem panela de assar pipocas, escurecida à fumaça dos tiros, com os cabras saltando e miando de maracajás, e Nhô Augusto gritando qual um demônio preso e pulando como dez demônios soltos.

— Ô gostosura de fim-de-mundo!...

E garrou a gritar as palavras feias todas e os nomes imorais que aprendera em sua farta existência, e que havia muitos anos não proferia. E atroava, também, a voz de seu Joãozinho Bem-Bem:

— Sai, Cangussú! Foge, daí, Epifânio! Deixa nós dois brigar sozinhos!

A coronha do rifle, no pé-do-ouvido... Outro pulo... Outro tiro...

Três dos cabras correram, porque outros três estavam mortos, ou quase, ou fingindo.

E aí o povo encheu a rua, à distância, para ver. Porque não havia mais balas, e seu Joãozinho Bem-Bem mais o Homem do Jumento tinham rodado cá para fora da casa, só em sangue e em molambos de roupas pendentes. E eles negaceavam e pulavam, numa dansa ligeira, de sorriso na boca e de faca na mão.

— Se entrega, mano velho, que eu não quero lhe matar...

— Joga a faca fora, dá viva a Deus, e corre, seu Joãozinho Bem-Bem...

— Mano velho! Agora é que tu vai dizer: quantos palmos é que tem, do calcanhar ao cotovelo!...

— Se arrepende dos pecados, que senão vai sem contrição, e vai direitinho p'ra o inferno, meu parente seu Joãozinho Bem-Bem!...

— Úi, estou morto...

A lâmina de Nhô Augusto talhara de baixo para cima, do púbis à boca-do-estômago, e um mundo de cobras sangrentas saltou para o ar livre, enquanto seu Joãozinho Bem-Bem caía ajoelhado, recolhendo os seus recheios nas mãos.

Aí, o povo quis amparar Nhô Augusto, que punha sangue por todas as partes, até do nariz e da boca, e que devia de estar pesando demais, de tanto chumbo e bala. Mas tinha fogo nos olhos de gato-do-mato, e o busto, especado, não vergava para o chão.

— Espera aí, minha gente, ajudem o meu parente ali, que vai morrer mais primeiro... Depois, então, eu posso me deitar.

— Estou no quase, mano velho... Morro, mas morro na faca do homem mais maneiro de junta e de mais coragem que eu já conheci!... Eu sempre lhe disse quem era bom mesmo, mano velho... É só assim que gente como eu tem licença de morrer... Quero acabar sendo amigos...

— Feito, meu parente, seu Joãozinho Bem-Bem. Mas, agora, se arrepende dos pecados, e morre logo como um cristão, que é para a gente poder ir juntos...

Mas, seu Joãozinho Bem-Bem, quando respirava, as rodilhas dos intestinos subiam e desciam. Pegou a gemer. Estava no estorcer do fim. E, como teimava em conversar, apressou ainda mais a despedida. E foi mesmo.

Alguém gritou: — "Eh, seu Joãozinho Bem-Bem já bateu com o rabo na cerca! Não tem mais!"... — E então Nhô Augusto se bambeou nas pernas, e deixou que o carregassem.

— P'ra dentro de casa, não, minha gente. Quero me acabar no solto, olhando o céu, e no claro... Quero é que um de vocês chame um padre... Pede para ele vir me abençoando pelo caminho, que senão é capaz de não me achar mais...

E riu.

E o povo, enquanto isso, dizia: — "Foi Deus quem mandou esse homem no jumento, por mór de salvar as famílias da gente!..." E a turba começou a querer desfeitear o cadáver de seu Joãozinho Bem-Bem, todos cantando uma cantiga que qualquer-um estava inventando na horinha:

Não me mata, não me mata
seu Joãozinho Bem-Bem!
Você não presta mais pra nada,
seu Joãozinho Bem-Bem!...

Nhô Augusto falou, enérgico:

— Para com essa matinada, cambada de gente herege!... E depois enterrem bem direitinho o corpo, com muito respeito e em chão sagrado, que esse aí é o meu parente seu Joãozinho Bem-Bem!

E o velho choroso exclamava:

—Traz meus filhos, para agradecerem a ele, para beijarem os pés dele!... Não deixem este santo morrer assim... P'ra que foi que foram inventar arma de fogo, meu Deus?!

Mas Nhô Augusto tinha o rosto radiante, e falou:

— Perguntem quem é aí que algum dia já ouviu falar no nome de Nhô Augusto Estêves, das Pindaíbas!

—Virgem Santa! Eu logo vi que só podia ser você, meu primo Nhô Augusto...

Era o João Lomba, conhecido velho e meio parente. Nhô Augusto riu:

— E hein, hein João?!

— P'ra ver...

Então, Augusto Matraga fechou um pouco os olhos, com sorriso intenso nos lábios lambuzados de sangue, e de seu rosto subia um sério contentamento.

Daí, mais, olhou, procurando João Lomba, e disse, agora sussurrado, sumido:

— Põe a benção na minha filha... seja lá onde for que ela esteja... E, Dionóra... Fala com a Dionóra que está tudo em ordem!

Depois, morreu.

Nota

Ler João Guimarães Rosa é mergulhar no Brasil profundo. As narrativas do escritor transportam os leitores a um universo particular. Elas levam a sentir o cheiro da terra do sertão, a se encantar com a beleza das águas dos rios, riachos e lagoas que suas estórias apresentam, a se deliciar com os "causos" do povo humilde que sobrevive a duras penas para obter seu sustento. A respeito do ato de contar estórias, o escritor mineiro chegou a confidenciar em uma entrevista concedida a Günter Lorenz, em Gênova, na Itália, em janeiro de 1965:

> Desde pequenos, estamos constantemente escutando as narrativas multicoloridas dos velhos, os contos e lendas, e também nos criamos em um mundo que às vezes pode se assemelhar a uma lenda cruel. Deste modo a gente se habitua, e narrar estórias corre por nossas veias e penetra em nosso corpo, em nossa alma, porque o sertão é a alma de seus homens.

"A hora e vez de Augusto Matraga" é um dos pontos altos da inestimável obra de João Guimarães Rosa. Esse conto integra *Sagarana*, livro publicado em 1946, que marcou a estreia do escritor no cenário literário. A partir de então, o conto adquiriu vida própria. Em 1965, ganhou sua primeira adaptação para o cinema, num longa-metragem dirigido pelo cineasta Roberto Santos (1928-1987), o qual foi também responsável pelo roteiro em parceria com Gianfrancesco Guarnieri (1934-2006). Dezenas de montagens teatrais também foram realizadas em diversos cantos do país. E o conto segue fascinando leitores até os dias de hoje.

É impactante a construção da trajetória do personagem central da narrativa, o fazendeiro Nhô Augusto, homem habituado a tratar todos à sua volta com violência e deboche, expondo de forma desmedida seu poder e sua valentia. Mudanças graves em sua vida, entretanto, o levam a rever sua postura de desprezo pelas pessoas de seu convívio. Repleto de simbologias, o conto instiga e faz pensar, entre outras razões, pela abordagem que oferece sobre a luta entre o bem e o mal que habita os corações e mentes de toda a humanidade.

O texto desta publicação tomou como base a décima edição de *Sagarana*, lançada pela Livraria José Olympio Editora em 1968. Procurando conservar a inventividade da linguagem criada por Guimarães Rosa, o texto foi revisto de forma cuidadosa, atualizando, de forma pontual, a grafia das palavras e as acentuações conforme as reformas ortográficas da língua portuguesa de 1971 e de 1990.

A experiência de ler Guimarães Rosa tem um efeito paradoxal. Suas narrativas nos conduzem a (re)conhecer nossas raízes e, simultaneamente, descortinam um mundo de possibilidades que se abre para o futuro.

Os editores

Sobre o autor

João Guimarães Rosa nasceu em 27 de junho de 1908 em Cordisburgo, Minas Gerais, e faleceu em 19 de novembro de 1967, no Rio de Janeiro. Publicou em 1946 seu primeiro livro, *Sagarana*, recebido pela crítica com entusiasmo por sua capacidade narrativa e linguagem inventiva. Formado em Medicina, chegou a exercer o ofício em Minas Gerais e, posteriormente, seguiu carreira diplomática. Além de *Sagarana*, constituiu uma obra notável com outros livros de primeira grandeza, como: *Primeiras estórias*, *Manuelzão e Miguilim*, *Tutameia — Terceiras estórias*, *Estas estórias* e *Grande sertão: veredas*, romance que o levou a ser reconhecido no exterior. Em 1961, recebeu o prêmio Machado de Assis da Academia Brasileira de Letras pelo conjunto de sua obra literária.

Impresso por :

gráfica e editora
Tel.:11 2769-9056